國家圖書館出版品預行編目資料

甘丹小學新生任務①魯佳佳上小學：生活力/
王文華 文；奧黛莉圓 圖. -- 第一版. -- 臺北市：
親子天下股份有限公司, 2023.07
117面；17x21公分
ISBN 978-626-305-520-9（平裝）
863.596　　112009150

甘丹小學新生任務❶
魯佳佳上小學 生活力

文｜王文華
圖｜奧黛莉圓

知識審定｜王儷錦
責任編輯｜謝宗穎
美術設計｜蕭雅慧
封面設計｜Peichen Chen
行銷企劃｜高嘉吟

天下雜誌創辦人｜殷允芃
董事長兼執行長｜何琦瑜

媒體暨產品事業群
總經理｜游玉雪
副總經理｜林彥傑
總編輯｜林欣靜
資深主編｜蔡忠琦
版權主任｜何晨瑋、黃微真

出版者｜親子天下股份有限公司
地址｜台北市 104 建國北路一段 96 號 4 樓
電話｜（02）2509-2800　傳真｜（02）2509-2462
網址｜www.parenting.com.tw
讀者服務專線｜（02）2662-0332　週一～週五：09:00~17:30
傳真｜（02）2662-6048　客服信箱｜parenting@cw.com.tw
法律顧問｜台英國際商務法律事務所・羅明通律師
總經銷｜大和圖書有限公司　電話：（02）8990-2588

出版日期｜2023 年 7 月第一版第一次印行
定價｜320 元
書號｜BKKCB001P
ISBN｜978-626-305-520-9（平裝）

訂購服務
親子天下 Shopping｜shopping.parenting.com.tw
海外・大量訂購｜parenting@cw.com.tw
書香花園｜台北市建國北路二段 6 巷 11 號　電話（02）2506-1635
劃撥帳號｜50331356　親子天下股份有限公司

甘丹小學新生任務 1

魯佳佳上小學 生活力

文 王文華　圖 奧黛莉圓

目錄

1. 第一天上學 04

2. 教室迷路了 16

3. 頑皮的魚刺 30

4. 我的落葉 44

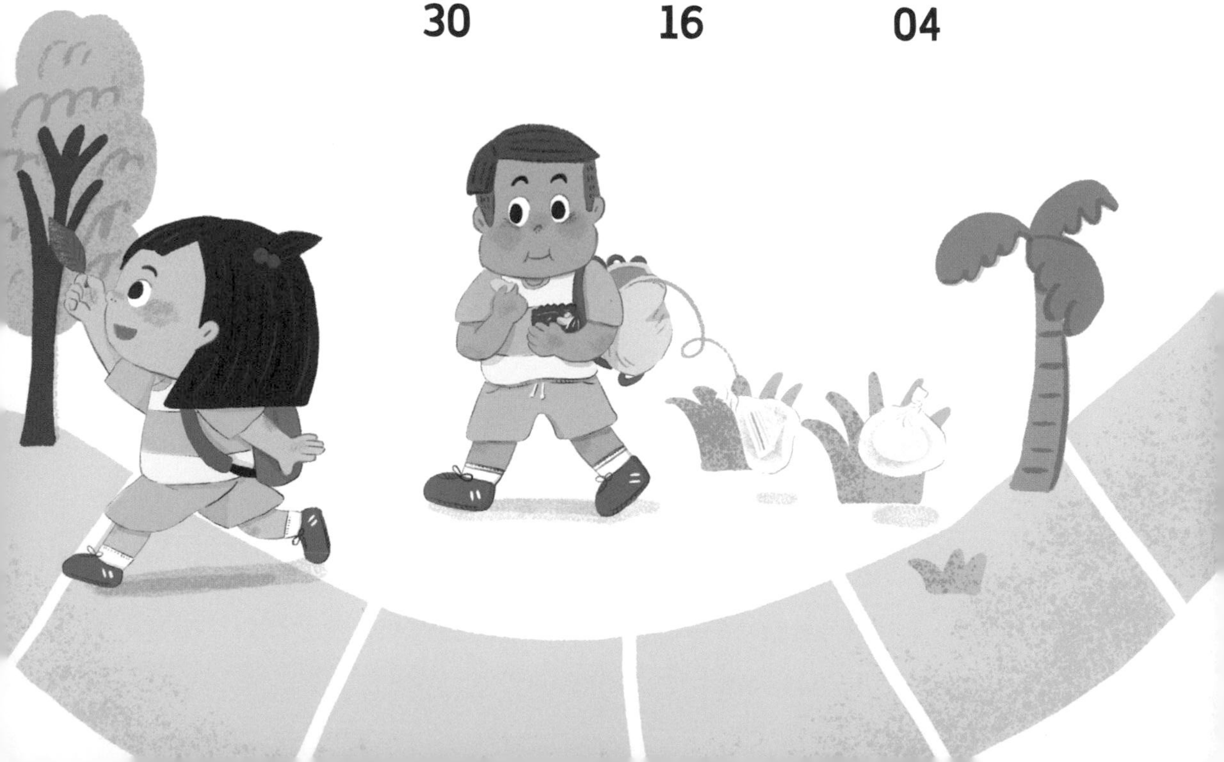

5. 何必馬的書包 58

6. 祕密基地 74

7. 小白兔枕頭 88

8. 勇敢一點 104

1 第一天上學

我是魯佳佳。

今天，要去甘丹小學讀一年級了。

出門前，爸爸問我怕不怕。

我抱起爆米花，說：「有牠陪我去，我不怕！」

媽媽抱走小狗，把書包交給我，說：「雖然你從小就天不怕地不怕，但是第一天上學，還是讓爸爸陪你去吧，加油！」

媽媽是早餐店老闆，只能送我到店門口。

「長大了，要自己照顧自己囉。」

爸爸牽著我，帶我去學校。

我看看路上的小朋友，悄悄放開爸爸的手，因為我長大了啊。

進了教室，找到座位，我才剛坐好，
就有個男老師跳進來。他的個子高，嘴巴大，
還問我們：「我像不像鯊魚？」

「比較像鱷魚。」一個叫何必馬的男生說。

「也很像狒狒。」另一個叫愛米莉的女生說。

「你覺得呢？」我問旁邊一個頭髮亂亂的男生。

「嗯……」他想了很久。

放學時，他才告訴我：「鯊魚！」

他是趙想想，想事情要想比較久。

放學時，我們跟著鯊魚老師走到校門的等候區。

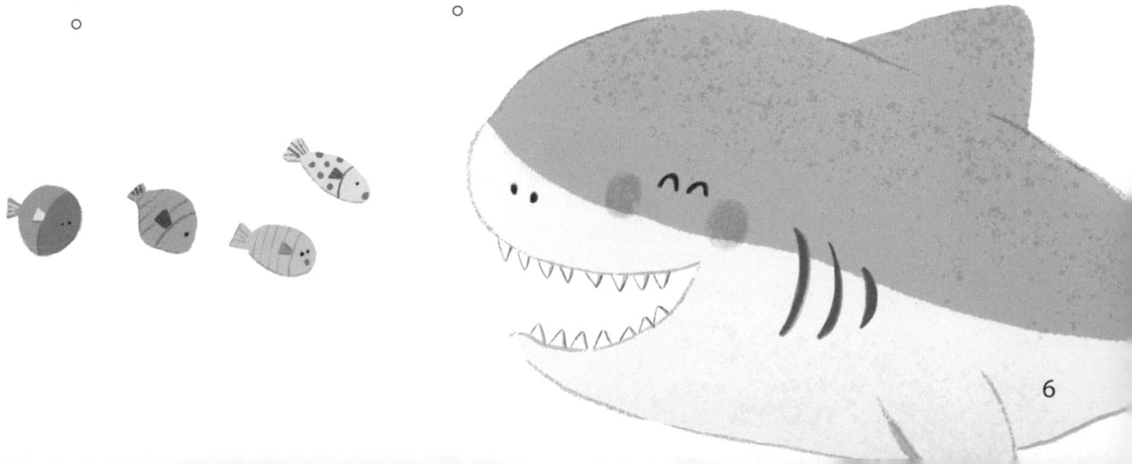

告
欄
鯊魚老伯？？

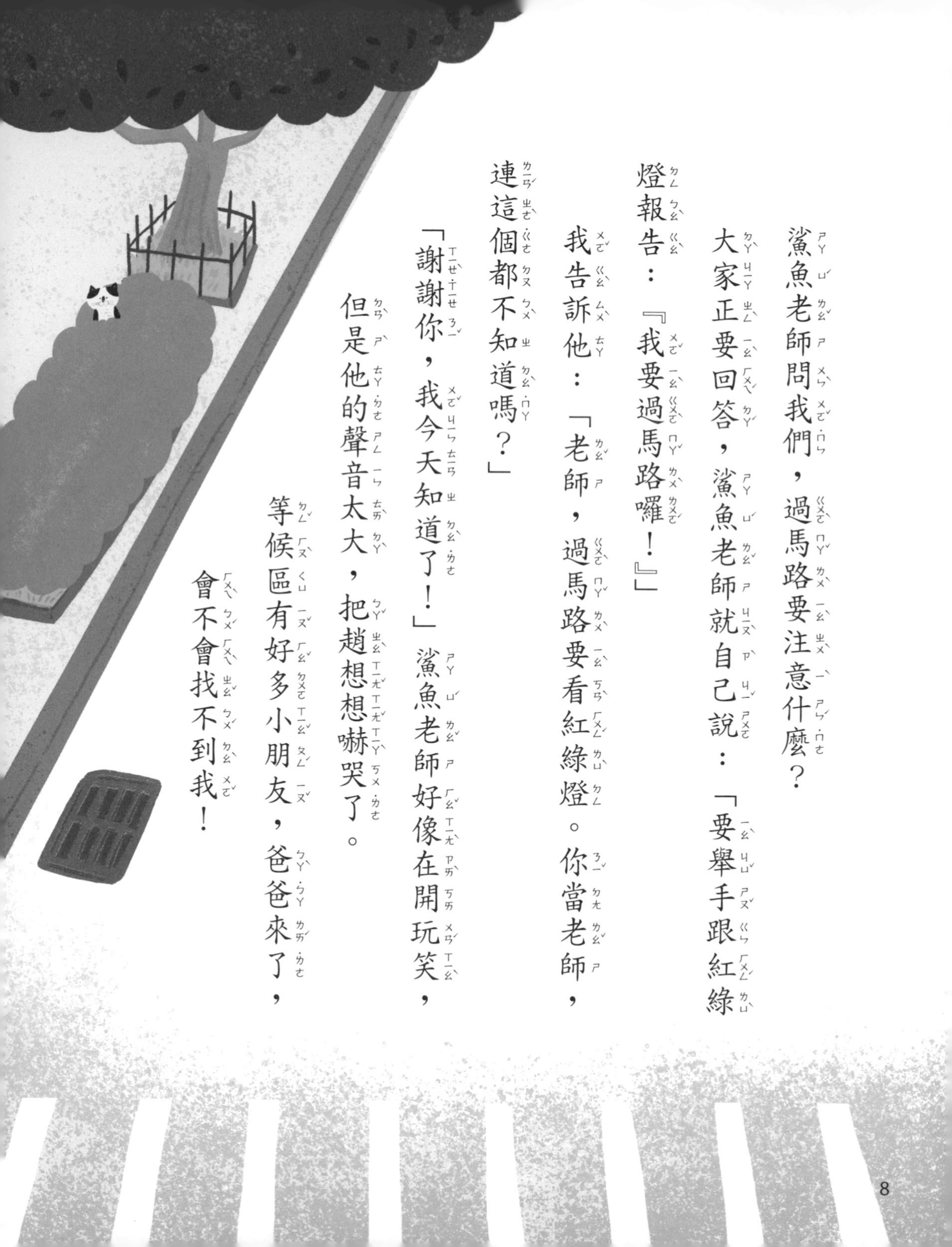

鯊魚老師問我們，過馬路要注意什麼？

大家正要回答，鯊魚老師就自己說：「要舉手跟紅綠燈報告：『我要過馬路囉！』」

我告訴他：「老師，過馬路要看紅綠燈。你當老師，連這個都不知道嗎？」

「謝謝你，我今天知道了！」鯊魚老師好像在開玩笑，但是他的聲音太大，把趙想想嚇哭了。

等候區有好多小朋友，爸爸來了，會不會找不到我！

20

我走到最前面，想讓爸爸看到我，但有個阿婆拉住我。

「阿婆，別欺負魯佳佳！」何必馬踩她一腳。

阿婆揉著腳，說她是志工媽媽，不是阿婆，還說：「小朋友，不能站到馬路上。」

後來，何必馬坐安親班的車，走了。

趙想想爬上他爺爺的摩托車，走了。

帥帥的司機叔叔也來接走愛米莉了。

爸爸呢？

我想起來了，爸爸說我長大了，要照顧自己，當然要自己回家。

「你知道怎麼回家嗎？」鯊魚老師問。

我告訴他：「魯佳佳天不怕地不怕……」鯊魚老師陪我走到巷口：「你知道你家在哪裡嗎？」

「魯佳佳很勇敢，什麼……」

「我陪你回家吧！」鯊魚老師說。

到了早餐店，爆米花跑出來迎接我，爸爸還拿著菜單笑咪咪的問：「歡迎光臨，想吃什麼？」

「我是佳佳的老師。」鯊魚老師說。

「老……師？」爸爸這時候才看到一旁的我：「唉呀，我忘了去接小孩。」

陽光
陽光
menu

甘丹小學新生手冊

1-1 快樂上學 平安回家

恭喜你，進入小學讀書囉！上學最重要的事，就是快樂來上學，平安回家去。第一堂課，我們來學習平安上下學這件事吧！

訣竅1 學會平安上下學

你怎麼上下學呢？住在學校附近的人，走路就能到；也有人坐爸爸媽媽的車或腳踏車。而住得比較遠的同學要搭公車，或是由安親班的車負責接送。

訣竅2 認識維護安全的人

校門口會有導護老師和交通志工指揮交通，只要聽從他們的指揮，就能安全過馬路、進出校園！看到他們的時候，不要忘了說謝謝喔！

找找看，哪裡有問題？

放學了，甘丹小學校門口一片亂糟糟，導護老師的哨子響不停，大家好像都沒在聽。請你幫忙當導護生，找出犯錯的地方，讓大家都能安全回家！

2 教室迷路了

好奇怪！我上廁所回教室，裡頭只剩下趙想想。

「我也是剛回來。」趙想想說。

「大家都去哪裡了？」我問趙想想，只是他一想，就好像停電一樣。

大家都不見了，怎麼辦？

趙想想終於想到了：「我們來查課表，知道這節什麼課，就知道大家去哪裡了。」

我打開聯絡簿。啊，這一節是綜合課，鯊魚老師說要去綜合教室，用紙箱做機器人。

鯊魚老師的課很有趣。

上次，在禮堂拍賣玩具。

上上次，在小樹林野餐。

這次在綜合教室，只是，甘丹小學的教室不簡單，綜合教室在哪兒呢？

還好，我想到了，找教室要看地圖，我記得數學大門旁有校園地圖！

我拉著趙想想先去看地圖，看完地圖開始找，找著找來找去，花圃好像經過兩次，涼亭……好像也看了兩次。

我們站在涼亭前，找不到綜合教室。
還好，涼亭裡有個一直微笑的阿公。
我問他：「老阿公，請問綜合……
綜合教室在哪裡？」

阿公笑著說：「哦，它在左邊那棟樓的二樓，
還有我是『ㄒㄧㄠˋ』長，不是老阿公。」
哇，甘丹小學真不簡單，竟然有「笑」長耶。
我們走到左邊那棟樓，
爬到二樓，裡頭有笑聲，
有香味，他們在包粽子。

奇怪的是，教室裡頭，有個沒見過的女老師，還有一班很老的學生。

「你們是我的同學嗎？」我問。

「很可惜，不是！」那些老學生說。

「你們要去什麼地方？」綁粽子的女老師問。

「綜合教室，它不見了！」

「教室不會不見，是你沒找到它。這裡是綜合烹飪教室，不是綜合教室。」粽子老師怕我們找不到，特別派個大姐姐帶我們去。

到了綜合教室，咦，跟我一起去上廁所的愛米莉，竟然早就到了，她的機器人也快做好了。

我問她：「你怎麼知道綜合教室在哪裡？」

「我去校門口看了地圖啊！」

「我也有去啊！」我大聲告訴她：「但是我和趙想想發現，教室迷路了。」

「不是教室迷路，是你迷路啦。」何必馬說完，大家都笑了。

笑的最大聲的是鯊魚老師，害我也只好跟著大家笑了起來。

進入小學，一定處處透著新鮮。小學比幼兒園更大，有自己的規矩、有不同的教室，你會遇到更多老師、更多同學。想在學校裡快樂學習與生活，就先來好好認識它吧！

訣竅1 跟著課表上課

下課的教室……
趙想想，
下節什麼課？
1
我一直想，
卻想不起來……
2
別想了，課表拿出來，
一查就知道了！
課表
3

小學裡，每一班都有各自的課表，老師會貼在教室外，也會讓你抄在聯絡簿裡。開學一、兩周後，你就會記熟課表了。沒記熟怎麼辦？打開聯絡簿就知道！

訣竅2 跟著課表找教室

走廊上，魯佳佳東張西望，
她不記得下節課的教室……
唉呀，下一節課，
到底要去哪裡上呢？
課表
別慌，只要查課表，
就知道要去哪裡上課了！

教室有兩種，一種是你們班主要上課的地方，稱為普通教室，另一種是專科教室，像音樂、美術、圖書室等。忘記下一節是在哪裡上課怎麼辦？別忘了看看課表喔！

訣竅3 跟著地圖不迷路

剛上小學，一定會對學校有點陌生，老師會帶你去看學校地圖，教你怎麼找到自己的位置和其他設施。也可以在開學前，請爸爸媽媽先帶你認識校園！

訣竅4 跟著袋子收拾

有些課必須帶用具去上課：音樂課要帶直笛（或其他樂器），美勞課需要美勞用具。你可以準備不同袋子，像是美術袋、音樂袋，再把對應的用具全放進去，上課那天就可以提了就走。

訣竅5 跟著鐘聲活動

學校會有鐘聲或音樂來提醒大家，該上課或該下課了！鐘聲可以傳很遠，即使你在遊樂區玩得正開心，它也會告訴你：「該去上課囉！」有些學校的上課和下課鐘聲會不一樣，你可以聽聽看，自己學校的上下課鐘聲有沒有不同呢？

3 頑皮的魚刺

放學回家，我把午餐袋拿進廚房，媽媽看到空餐盒，稱讚我把飯菜都吃完了。

我告訴媽媽，因為學校的午餐好好吃，比我們早餐店的早餐還好吃。

爸爸考我，問我午餐吃什麼？

我想了很久，只想到有菜有飯，但是什麼菜，我不知道，因為我不是趙想想。

趙想想很厲害，每道菜他都知道，因為他幫阿公在頂樓種菜。不管是韭菜、白菜或是高麗菜，只要菜一上桌，他不用想就能告訴大家。

爸爸說：「只要上網查一下，你也可以知道自己吃什麼。」

「真的嗎？」我問。

爸爸打開電腦，找到甘丹小學，點進午餐菜單。

甘丹小學

○○○ | △△△ | □□□ | 999 | ★★★

日期	星期	主食	主菜	副菜	湯品	附
1	一	貝殼麵	咖哩雞翅	滷大白菜、炒空心菜	南瓜濃湯	香
2	二	白米飯	煎白帶魚	茶香豆干、炒青江菜	蘿蔔魚丸湯	蘋
3	三	地瓜飯	泡菜豬肉	香菇蒸蛋、炒高麗菜	玉米濃湯	芭
4	四	義大利麵	馬鈴薯燉肉	紅燒豆腐、秋葵	冬瓜湯	木
5		糙米飯	酥炸魚排	什錦豆腐、炒菠菜	洋蔥湯	小

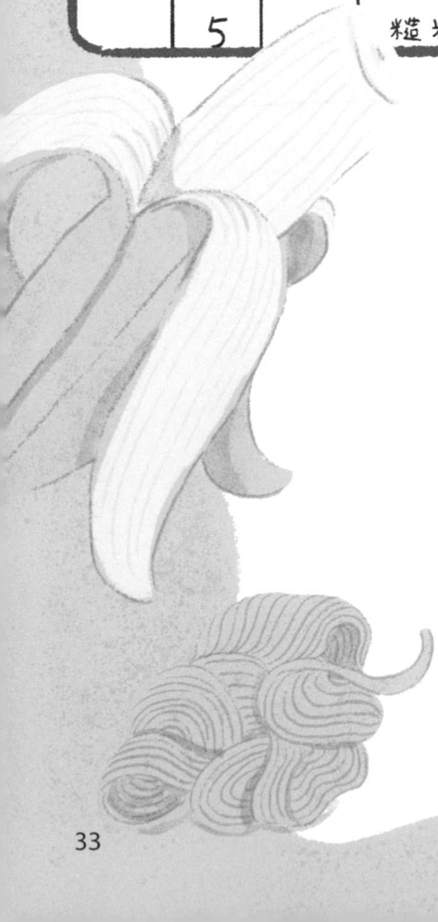

「今天吃麵，明天吃飯！」爸爸笑著說：

「忘了就用電腦查！」

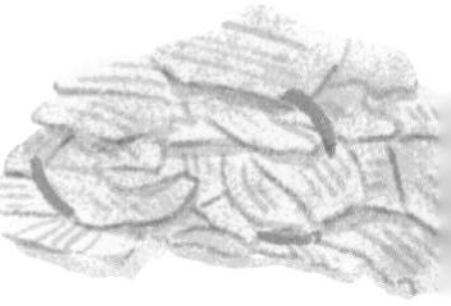

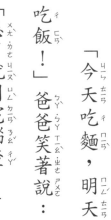

第二天，我向大家宣布：「今天午餐會有魚喔，我有查電腦！」

愛米莉有點擔心：「魚？我在家裡，幫忙煮飯的黃阿姨都會幫我把刺挑掉，在學校怎麼辦？」

鯊魚老師說：「在學校，就要開始學習小心挑魚刺了！」

我安慰愛米莉：「不用怕，我會教你怎麼挑！」

午餐的時候，我們都分到一塊香噴噴的白帶魚。我把刺挑出來，配一大口飯，吃給愛米莉看：「你看，就是這麼簡……」

我話還沒說完，喉嚨突然一陣刺痛。

布告欄

艾米莉問我是不是卡到魚刺了，我點點頭，說不出話來。何必馬建議我，再吃一口飯，把刺吞下去。

鯊魚老師卻說，硬吞魚刺會刮傷喉嚨，最好去找護理師看看。

我把嘴巴張得大大的，跟著鯊魚老師走，好像一隻小鯊魚。我們班的同學跟在後面，一路向好奇的同學說：「魯佳佳的喉嚨裡卡了一根魚刺。」

回到家，媽媽不停替我擦眼淚。

「你現在哭，是因為喉嚨還在痛嗎？」

我搖搖頭。

爸爸問：「還是護理師太兇？」

我搖搖頭。

爸爸說：「難道是醫生叔叔忘了給你貼紙？」

「不是啦，是我們同學一直在旁邊看我。」我很氣鯊魚老師沒把我們班同學趕走，「他們一直看，我很丟臉耶！」

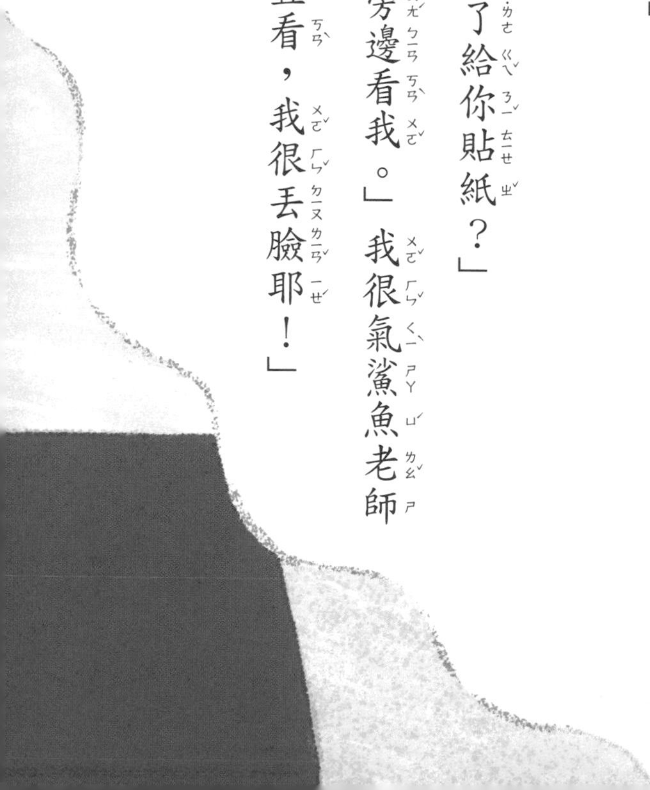

身體
優碘藥水

早上第四節課，肚子咕嚕咕嚕叫，午餐時間快來到！今天吃什麼呢？接過飯菜，咦，這要怎麼吃呢？吃營養午餐是上學最開心的事，但可能會遇到一些小狀況，該怎麼辦呢？

訣竅1 水果怎麼吃？

學校午餐常常有水果。水梨和蘋果要削皮，橘子除了剝皮還要吐籽，而芭樂那麼一大顆，要怎麼吃呢？在家裡有爸媽幫忙處理，在學校可以請教老師。如果還是不會，就帶回家，請爸媽教一次，下次再遇見它們就沒問題了。

訣竅1 不想吃可以嗎？

食物那麼多種，總會有喜歡和討厭的。學校會盡量避免將學生不喜歡的食材放入午餐，像是茄子或青椒。如果真的出現不喜歡的食物，還是盡量鼓起勇氣試試看，因為學校菜單是由專業營養師設計的，吃光光才能營養均衡喔！

專心吃飯，營養
更容易吸收！
先試著吃一口，
或許你會愛上它呢。

找找看，哪裡有問題？

午餐時間，教室亂糟糟。請找找看有哪些同學需要幫忙，我們又該怎麼幫他呢？

4 我的落葉

放學前，我們要打掃環境，不公平的是，五年級卻可以用掃地機器人。

鯊魚老師說，如果我們能自己做出一個，也可以用機器人。

「我現在還不會，但以後一定會。」我說。

「那請先自己把走廊掃乾淨吧！」鯊魚老師說。

我和趙想想負責掃走廊，我們都掃乾淨了，卻有一片落葉很不乖，不肯飛進畚箕裡。

追它，它就飄到
另一邊；拿掃把攔它，
它卻溜進四班走廊。
趙想想說那裡
不用掃，可以不管它。

來不及了，我已經跑進四班走廊。

四班有個女生擋著，說跑進他們班的葉子，就是他們的。

「可是，葉子是我掃的！」我說。

「可是，走廊是我們班的！」她說。

那個女生比我壯，也比我兇。

「趙想想，你告訴她，那是我們的。」

趙想想站在兩個班級的中間，想了很久，

想不出來要怎麼告訴她。

我們拿著掃把，瞪著對方，何必馬剛好跑回來，帶著一陣風，讓葉子飛回來了。何必馬把葉子撿起來，丟進畚箕裡：「這有什麼好吵的？」

「因為它是我們的。」我說。

「下次再飛過來，就是我們的。」四班的女生叉著腰說。

垃圾桶

何必馬搖搖頭：「那只是落葉，而且你馬上要把它丟掉了。」

「你不懂啦，那可是我們的落葉！」我說完，正要把畚箕裡的垃圾倒進垃圾桶，愛米莉卻擋著。

「我才剛把垃圾桶倒乾淨。」她說。

「垃圾桶本來就是裝垃圾的。」我說。

「鯊魚老師還沒檢查，你自己的垃圾自己倒！」

自己倒就自己倒。我會看地圖，也知道資源回收室在哪裡。

快放學了，我抓著畚箕往前跑。一邊跑，一邊聽到旁邊的人喊：「一年級的，垃圾掉了。」

「魯佳佳，垃圾飛下來了啦！」

我停下來。唉呀，這些垃圾都好壞，它們故意亂飛——尤其是那片落葉，它又逃走啦。

我把畚箕一丟，開始追它，風很大，它很快就飛到操場旁的小樹林裡。

資源回收室
紙類
寶特瓶
鐵罐

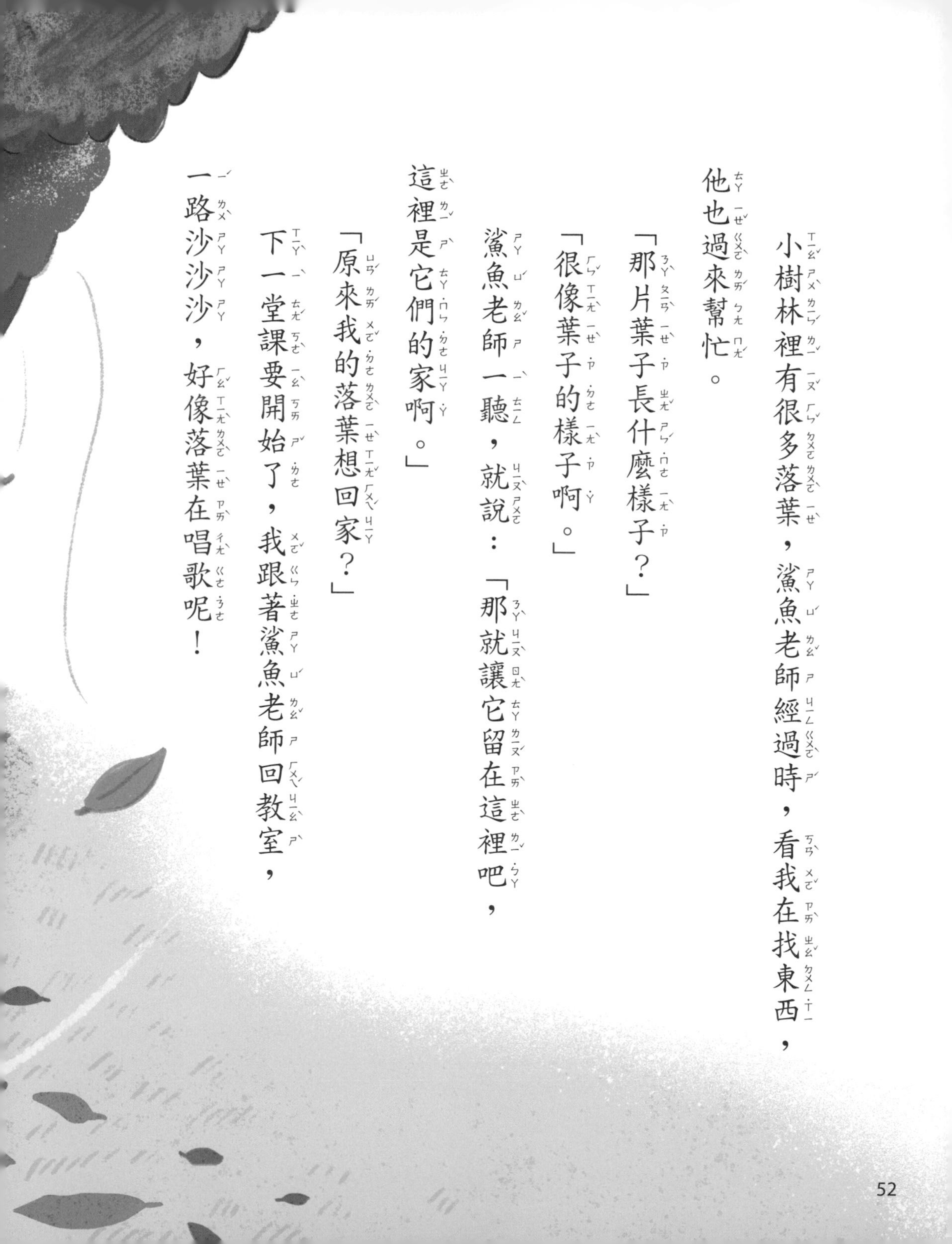

小樹林裡有很多落葉，鯊魚老師經過時，看我在找東西，他也過來幫忙。

「那片葉子長什麼樣子？」

「很像葉子的樣子啊。」

鯊魚老師一聽，就說：「那就讓它留在這裡吧，這裡是它們的家啊。」

「原來我的落葉想回家？」

下一堂課要開始了，我跟著鯊魚老師回教室，一路沙沙沙，好像落葉在唱歌呢！

長大升上小學，要開始幫忙打掃校園囉！學習和同學一起動手，共同完成一件事。讓教室乾乾淨淨，心情也會更開心呢。

訣竅1 打掃有順序嗎？

打掃要先乾後溼，先掃地，地是乾的，比較容易掃乾淨；接著再拖地，因為如果地是溼的，垃圾就不好掃了。倒垃圾時，也要先等大家掃完地才拿去倒。順序對了，打掃起來才有效率喔。

訣竅2 怎麼維持乾淨？

只要不亂丟垃圾，每個人都把垃圾好好丟進垃圾桶，教室就能乾乾淨淨，坐在垃圾桶附近的人也不會聞到臭味，還能讓教室的環境變得更好喔！

訣竅3 垃圾不只是垃圾？

教室裡至少有兩種桶子，一種裝垃圾，一種裝資源回收物。要丟垃圾時，先依照紙類、玻璃、金屬來分類，除了減少同學倒垃圾時的麻煩外，也是環保愛地球喔！

掃完地才能拖地喔！
你的工作做完了，也別忘了幫同學的忙。

找找看，哪裡有問題？

掃地時間，大家都好忙，但是等等，是誰做錯了呢？

掃把不是玩具，不能拿來嬉戲。
掃地時間，需要大家幫忙，快動起來！

5 何必馬的書包

上課的時候，
鯊魚老師在黑板上寫字，
我看著看著，越看越覺得那些
注音符號好好吃。

ㄖ像土司、ㄇ像肉片，把它們夾起來就是三明治。

我的肚子咕嚕咕嚕。趙想想聽到了，問我是不是肚子餓？

當然啊，今天我急著出門，來不及吃早餐。

什麼時候……才到……點心……時間……

點心……時間……

啊，小學沒有點心時間。

還好，學校有綜合烹飪教室。

一下課，我就準備去那裡看看有沒有東西可以吃。愛米莉也跟來了。「你跑這麼快，是肚子痛嗎？」

「不是啦，是肚子餓！」

一說到餓，我立刻沒力了，開始像個慢慢慢走的老阿婆。

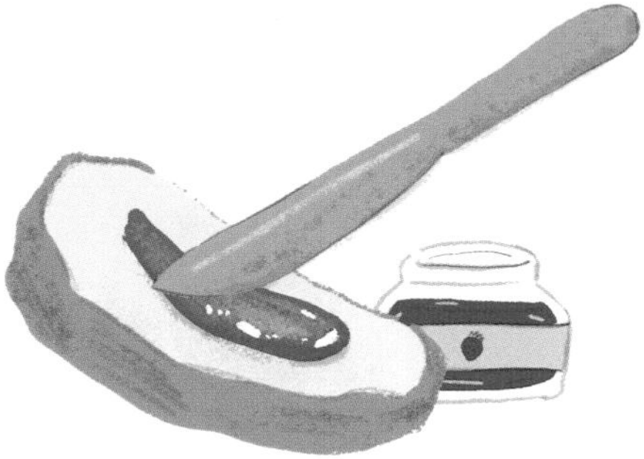

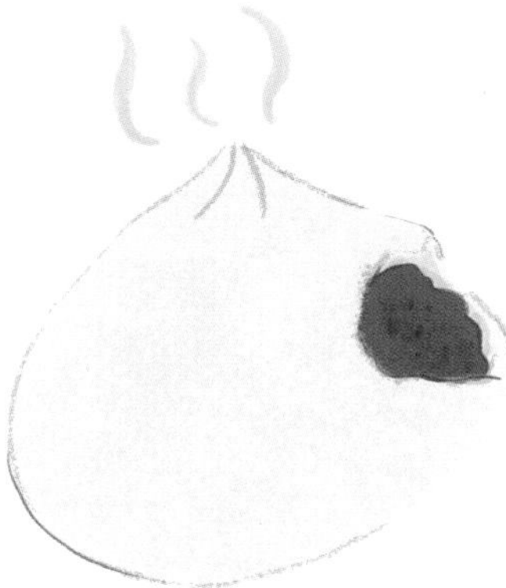

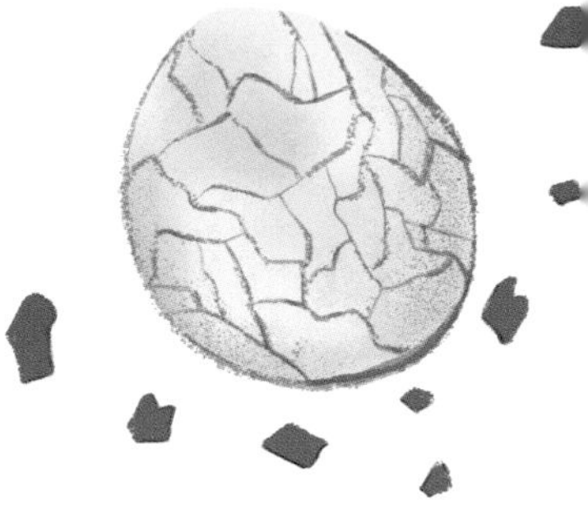

「魯佳佳，你不是天不怕地不怕嗎？」

「我現在知道，我好像有一點點怕餓！」

愛米莉說她比較喜歡幼兒園，

「雖然每天的點心都不好吃，

但至少有點心。」

我也好想念

幼兒園，因為我現在肚子

快餓扁了。

等我們回到教室，已經上課很久很久了。

鯊魚老師問：「你們跑去烹飪教室？有吃到東西嗎？」

「剛剛那節沒人上課。」愛米莉替我說，因為我餓到連一個字都說不出來。

愛米莉還說：「她如果來我家，黃阿姨會做焗烤義大利麵和夏威夷披薩給她吃。」

我有氣無力的說：「到那時候，我已經先餓成一片扁到不能再扁的披薩皮了。」

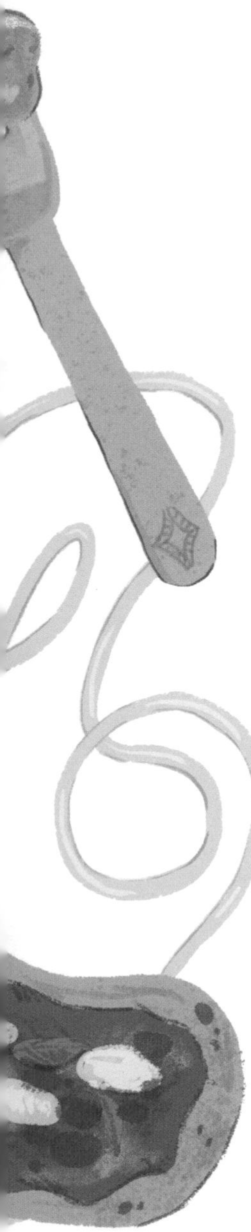

「你吃我的早餐吧！」

何必馬打開書包，裡頭有三明治、漢堡、包子、熱狗、粽子和薯條。

他說：「三明治我要吃，剩下的你自己選。」

何必馬跟我們說，他阿嬤知道小學沒有點心，怕他餓，所以買了很多。

不過，他為了陪阿嬤買這些早餐，所以來不及吃早餐。

我覺得他的書包，比我們家早餐店還豐富！

CHIPS

回家後，我把這件事告訴媽媽，還說：「何必馬是我現在最好的朋友。」

媽媽很疑惑，「書包都裝吃的，那他的課本放哪裡？」

「放午餐袋啊！」我還提醒媽媽，「明天，何必馬也會請他阿嬤買早餐給我喔。」

「可是我們家就是開早餐店的耶。」

「好朋友請的早餐不一樣啦！」

隔天，我早早就到學校，等著吃好朋友早餐。

可是，何必馬來的時候，他的書包裡卻只有課本。

他跟我說：「鯊魚老師昨天打電話給阿嬤，建議我最好上學前就先吃完早餐。」

「那你肚子餓了怎麼辦？」我問。

他拍拍肚子，「我是何必馬耶，這裡裝滿了早餐，不會餓了啦。」

那我今天怎麼辦？

豆漿

甘丹小學新生手冊

1-5

好好吃早餐

第二節課，肚子就餓得咕嚕咕嚕叫。小學不像幼兒園有點心時間，怎麼辦？不要怕，有方法可以解決的！

訣竅1 定時定量吃飯

升上小學，開始要試著自己照顧自己了，所以，管理好自己的肚子，養成定時定量吃東西的習慣，也是小學新生要學習的目標喔。

訣竅2 在家吃早餐

有的小朋友會把早餐帶到學校，卻沒有時間吃，只能餓著肚子上課。這樣不僅可能影響到其他同學，注意力也不能集中，所以防餓第一招，就是先在家吃完早餐。

訣竅3 自己的點心時間

如果容易肚子餓的話，可以請大人準備一些方便吃的小點心，像是小包裝的麵包、餅乾或水果，讓你在下課時拿出來吃。等你慢慢適應學校生活後，再把小點心戒了。

訣竅4 餓讓午餐更好吃

如果沒有準備小點心，但肚子餓了怎麼辦？其實只要有吃過早餐就不用怕，因為一到中午就可以吃營養午餐了。一點點餓，反而能讓午餐更加美味！

吃了早餐再來上學，
你就不會餓得慌。
沒吃早餐，可能就沒力氣
進行上午的課程喔！

找找看，哪裡有問題？

早上的教室裡，應該瀰漫著書香和……肉粽香？這是怎麼回事啊？請找找看，是誰弄錯了？

6 祕密基地

鯊魚老師說過，下課不能只有玩，該做的事也要做！

我知道。所以第二節下課，我要去圖書館把《小狐仙》還掉。

圖書館阿姨已經催過我不只一次、兩次，而是三次。

《小狐仙》真的很好看，

但我還是要把書拿去還。我不是怕圖書館阿姨，我只是想把書還了，再借回來。

我才抱著書走到走廊，就遇到愛米莉，她說她有一個祕密基地，問我想不想去看看？

「在哪裡？」

「說出來就不是祕密了，跟我來。」

看祕密基地是重要的事。

所以我跟著她下樓，走到自然大樓前面。

啊，是花圃嘛。上生活課的時候，我們常常經過。

「你要仔細看啦！」愛米莉指著底下。

哇，好多大頭螞蟻，牠們正扛著半截蜻蜓回家，好厲害喔。

我們跟著螞蟻往前走，走到玫瑰花叢下，那裡的土堆上有個洞。

愛米莉說，那就是螞蟻的家，這是祕密裡的祕密。

愛米莉交代，不能把祕密說出去。

「當然，我是魯佳佳，說出祕密會全身無力！」

我跟愛米莉保證時，有顆足球飛過來，剛好砸在螞蟻洞口。

如果害螞蟻死了怎麼辦？我生氣的把球踢回去。

我是勇敢的魯佳佳，要保護小螞蟻的家。

結果，那顆球飛回去的時候，剛好降落在一個二年級哥哥的臉上。

他竟然大聲的哭了。

二年級哥哥的哭聲很大，他的同學都很生氣，大聲問：

「是誰踢的？」

我想跟他們解釋，但愛米莉說最好不要，因為他們正在生氣，生氣的人沒辦法講道理。

「我都是等爸爸氣消了，才跟他說話。」

愛米莉帶我去她的第二個祕密基地：綜合烹飪教室後面的小房間。

裡頭堆滿東西，躲在這裡，沒人找得到。

我們先玩躲貓貓，
然後玩大風吹，還有唱歌。
唱到一半，我問愛米莉：
「上課了嗎？」
「還沒啦，我沒聽到鐘聲啊。」
對耶，第二節大下課，本來就可以玩很久啊。
我們一直唱、一直唱，唱到有個女老師進來。

「天哪，你們在這裡？鯊魚老師找你們找到快瘋了，你們竟然躲在這裡唱歌？」

下課是小朋友最喜歡的一堂課，這堂課可以做想做的事，找喜歡的同學聊天，本來安靜的校園，突然變得熱鬧了起來，「下課時間」這麼受歡迎，它裡頭有什麼學問呢？

訣竅1 下課，動靜交換

趙想想，坐了一節課，跟我起來動一動。
可是我腦子動了一節課，現在得靜一靜了。

下課要好好休息，但並不是讓你睡覺或什麼事都不做，可以試著動靜交換一下。看了一節書，就起來玩一玩；上了一節的體育課，就找朋友聊聊天，看看書。動靜交換，才是休息。

訣竅2 下課好好玩

我們來玩躲貓貓，我當鬼，你們來抓我。
這遊戲怪怪的。
這是我發明的遊戲啊。

你可以自己決定下課要做什麼、跟誰玩、玩什麼。既然是自己決定的，就要注意安全。遵守遊戲規則、遵照遊樂器材的使用方式，才能讓下課快樂有趣又平安。

訣竅3 發生衝突了

玩遊戲容易起衝突，你想贏，別人也想贏，一不小心就會吵起來了。但動手打架是不對的，最好先去找老師，請老師聽聽兩邊的意見，再看怎麼解決喔！

訣竅4 留點時間，做好準備

下課要做什麼呢？有沒有留點時間上廁所、為水壺裝滿水？有沒有先看看下節課的教室在哪裡，以及需要什麼物品呢？除了玩耍，為下一節課做準備，也是下課很重要的事喔！

穿堂不是跑道，
這樣容易撞到人。
玩溜滑梯，不可以
逆向往上爬，很危險。

找找看，哪裡有問題？

下課的校園裡，小朋友都在玩遊戲，可是有人偏偏不守規矩，你能幫忙找出來，免得讓大家受傷嗎？

7 小白兔枕頭

上學的時候，我帶著小白兔枕頭出門。爸爸問我是不是要離家出走了？

「我才不要離開你們呢，我只是去學校！」

星期二上整天課，中午要睡午覺。鯊魚老師讓我們帶小枕頭到學校，他說這樣比較好睡覺。

菜單
飲品

這個早上，時間過得好慢，午休一直沒來。我很想趕快抱著小白兔，在夢裡跟牠玩捉迷藏啊。

好不容易，吃完午餐，要睡午覺了。

何必馬拿出鬧鐘，他怕睡過頭。

愛米莉想要去換睡衣。

鯊魚老師說我們不是在辦睡衣派對，不用穿睡衣，他也把何必馬的鬧鐘收起來，怕響了吵到其他同學。

最厲害的是趙想想，午休都還沒開始，他已經睡著了。

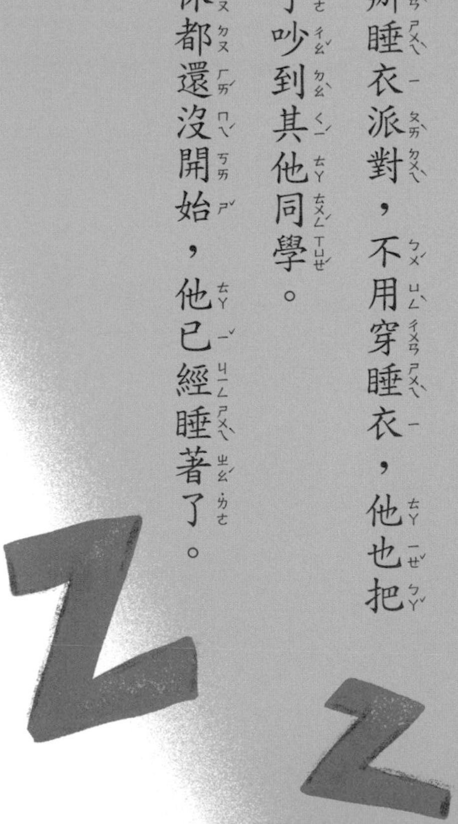

午休鐘響了，教室燈關了。我把頭靠在小白兔上，軟軟的，香香的。這是媽媽特別帶我去買的，好輕好柔，就像抱著真正的小白兔，我閉上眼睛，準備進入夢鄉……

好熱喔！

我張開眼睛。

趙想想睡太熟了，嘴巴打開，閉上，打開，閉上，像一頭耕完田累壞的牛。

愛米莉也睡著了，她的眉頭皺著，不知道是不是

因為沒穿到心愛的睡衣？

我轉到另一邊，看見鯊魚老師在改作業。他看了我一眼，我急忙轉回去。

何必馬張大眼看著我。哼，我也用力看回去。

他的眼睛睜得更大，我也睜得更大更大。

「你很無聊。」他用沒聲音的嘴巴說。

「你更無聊。」我也用沒聲音的

嘴巴說。

「那來比誰先眨眼睛啊。」他繼續用沒聲音的嘴巴說。

「誰怕誰？」

我直直看著他，他也直直看著我。

我的眼睛好痠好痠，何必馬卻先眨了一下眼睛。他輸了。

「那來比誰最後把眼睛張開。」何必馬用沒聲音的嘴巴說。

「我還是會贏你。」我把眼睛閉著，等了很久很久……

我張開眼睛，何必馬的眼睛還是閉著。唉呀，我輸了。

「何必馬，我輸了，再來。」我用沒聲音的嘴巴喊，他一動也不動。

何必馬睡著了。鯊魚老師也睡了。

全世界的人好像都睡了。只剩下我。

教室的鐘，滴答滴答，窗外的風，沙沙沙沙，外頭的蟬，唧唧唧唧。

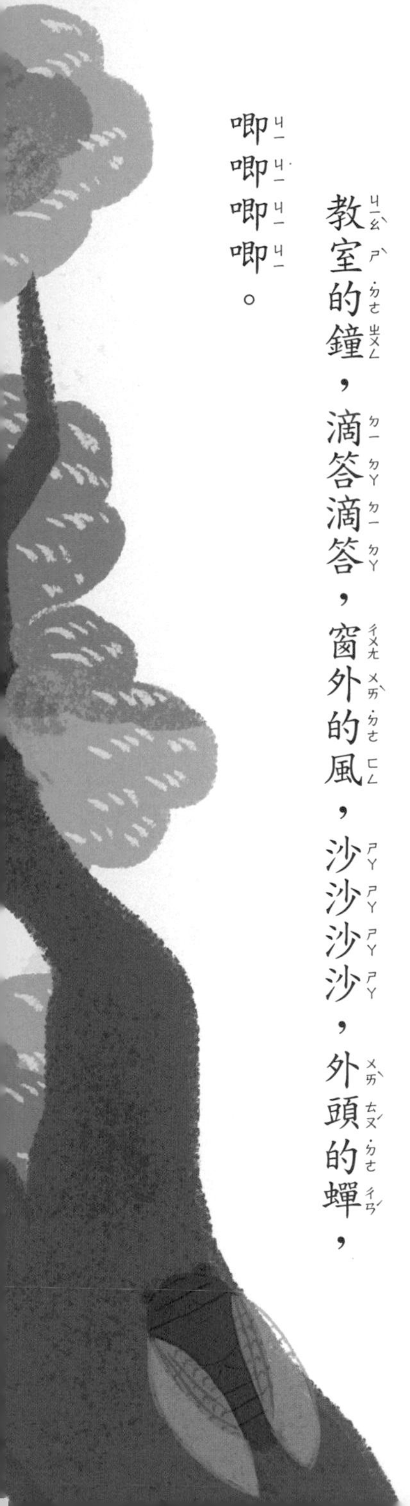

後來，我睜開眼睛的時候，全班都在笑。

「上課了嗎？」我問。

「不，是下課了！」何必馬說：「你睡了一整節課，連我的鬧鐘都叫不醒你！」

訣竅1+2 睡午覺的兩大好處

老師，可以讓小白兔替我睡午覺嗎？
睡午覺，好處多，你怎麼捨得讓給小白兔？

①放鬆：

早上上了四節課，算數學，寫國語，甚至上體育。小睡片刻能舒緩緊繃的神經，讓我們放鬆心情，迎接下午的各種學習活動。

上了一上午的課，好累啊……
數學
我給你一個小小祕訣吧！

②增加效率：

上了一上午的課，一定會累，讀書效率會下降，注意力也不容易集中。午覺可以幫助我們恢復精神，回到最佳的學習狀態。

吃完午餐，該午休囉！幾十分鐘的午覺，也有同樣的效果，除了保持清醒，午睡能提升注意力，保持專心，增強記憶力！

訣竅3 睡太久，影響晚上睡眠

午覺睡太久，或是跟晚上的睡覺時間太接近，都會讓晚上的睡眠品質下降，所以小學的午休時間才會是 30 分鐘喔。

實在睡不著也沒關係，閉著眼，放輕鬆，
只要不打擾別人就行，你可以：

1. 觀察別人睡覺的模樣。

2. 把身體放鬆，閉上眼睛，想想事情。

3. 看看窗外的雲，想像自己是一隻鳥。

❶ 可以請爸媽幫你準備眼罩或耳塞，幫助睡眠。

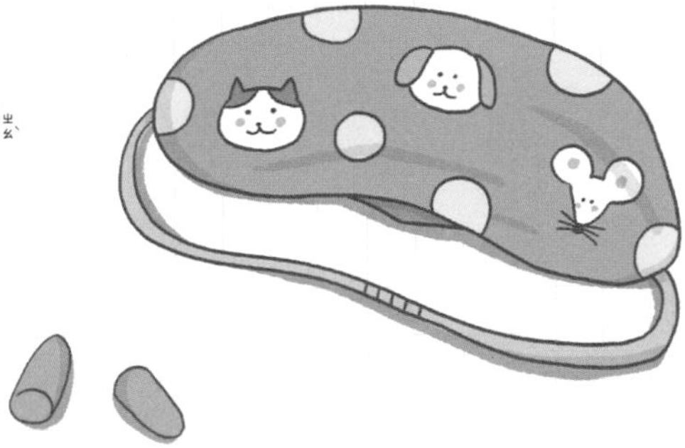

❷ 可以自備一個午睡枕。

8 勇敢一點

何必馬喜歡跳。他不是袋鼠，卻常常從樓梯往下跳。一階兩階三階，越跳越多階。

他還跟我們說：「告訴你們，我可以更厲害！」

趙想想叫他不要跳，會受傷！

可是，趙想想說話太慢了，何必馬早就起飛了。他這次一次跳五階，但落下來的時候，腳好像扭到了。

何必馬跌在地上，揉著腳大叫：「好痛、好痛啊！」

鯊魚老師聽到聲音，連忙趕過來，抱著他去健康中心。

我們都很「關心」何必馬，跟在老師後頭。

「何必馬的腳怎麼了？」

「護士阿姨會不會幫他打針？」大家七嘴八舌的問。

何必馬一直喊：「你們不要跟來啦。」

走廊上都是他的叫聲，大家都想知道他怎麼了，我只好告訴其他同學：「他腳斷掉了！」

「沒有斷啦！」何必馬大叫著，進了健康中心。

健康中心

護理師一邊幫他檢查，一邊跟我們說：「學校沒有你們想的安全，一不小心就會受傷。」

這些我們都知道，只有何必馬不、知、道。

鯊魚老師常說，校園裡危險多，小朋友要注意安全，走廊不要跑，樓梯不要跳，溜滑梯的時候要排隊。

何必馬就是不、知、道。

護理師很輕很輕的幫何必馬抹藥，何必馬卻哭得很大聲。

「你要勇敢一點啦！」我安慰他：「護理師已經很小力了！」

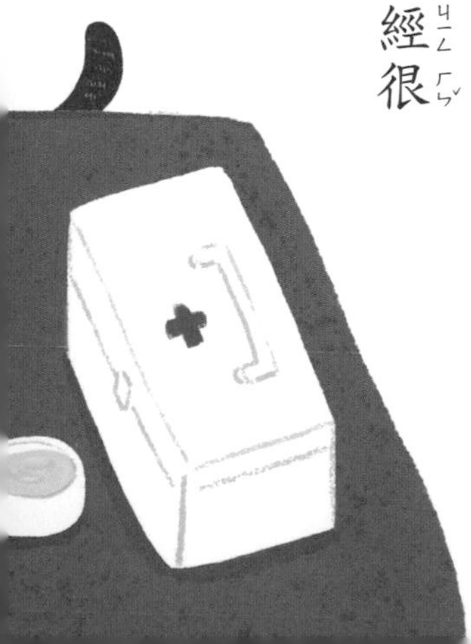

護理師幫何必馬塗藥時，我發現桌子底下有隻小黑貓。

小貓在舔牛奶，一下兩下三下。

愛米莉也看見了，她尖叫著：「好可愛的小貓咪！」

護理師笑著說：「被你發現了，那是我的愛吃鬼。」

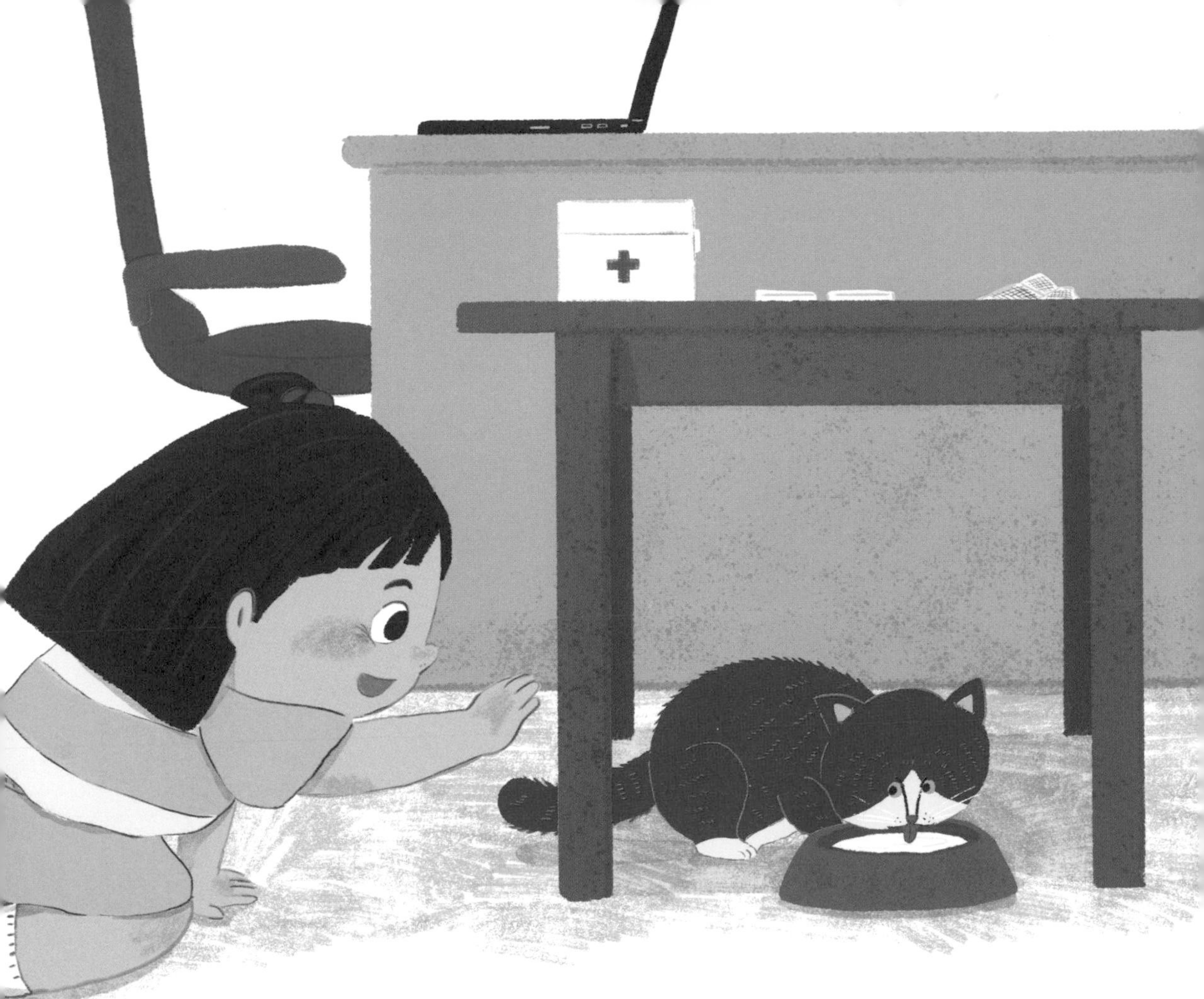

我忍不住想摸牠，手剛碰到愛吃鬼，護理師就大叫：「不可以！」

我正想問什麼不可以？手掌就一陣劇痛，好痛好痛啊。

是愛吃鬼咬我，牠喵喵喵的瞪著我，好像我搶了牠的牛奶。

「牠就是太愛吃了。吃東西的時候，千萬不可以摸牠。」

護理師仔細檢查我的手：「流血了，這要去醫院打破傷風的針。」

「打針？」我退到牆邊。

「你不是天不怕地不怕？」全班同學都問我。

「魯佳佳天不怕……」

護理師拉著我時，何必馬在旁邊安慰我：

「你要勇敢一點啦！醫院裡的護理師打針都很小力啦。」

「人家什麼都不怕，
就怕打針啊——」

小學的校園比幼兒園大，很多地方都暗藏危機，不小心受傷的機會也很多。要學會保護自己，才能讓父母安心，你知道該怎麼做嗎？

訣竅1 避免危險與粗心

你們看，我跑得快要飛起來。
小心，學校沒你想的安全……
1
2

走廊看起來安全，但可能有積水，跑過去就跌倒了。校園看起來安全，大意了就可能發生危險。只有細心，不做危險動作，才能減少受傷的機率。

訣竅2 不去校園死角

我喜歡去祕密基地探險。
那裡黑漆漆，我陪你去吧。
1
2

有些地方很少人去，譬如上課時間的廁所、陰暗的地下停車場、空堂的教室，如果不小心在那裡發生意外，不會有人知道，所以要去的話，一定要找同學陪你喔。

訣竅3 走廊、教室不奔跑

在走廊奔跑，很容易撞到迎面而來的人。教室排滿課桌椅，不適合太劇烈的肢體動作，如果不小心撞到尖銳的桌角，可能就會受傷流血。

訣竅4 遊樂器材要檢查

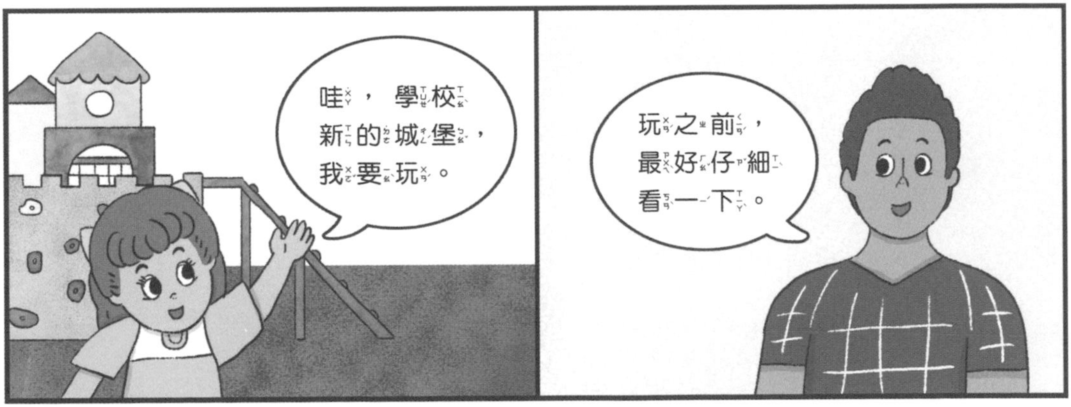

玩之前先確認遊樂設施有沒有脫落、生鏽，這樣才能玩得快樂又安全。如果是從來沒玩過的遊樂器材，最好先詢問老師玩法喔。

在教室丟球，會丟到人，
也有可能弄破玻璃喔！
邊走邊吃東西，
食物不好消化。

找找看，哪裡有問題？

打掃時間到，大家都忙著在校園內打掃，但有些同學的行為很危險，你能幫忙找出來，避免有人受傷嗎？